EN

FAMILLE.

SOUVENIRS INTIMES.

LILLE

IMPRIMERIE A. BÉHAGUE

rue de Paris, 17.

1871.

EN

FAMILLE.

SOUVENIRS INTIMES.

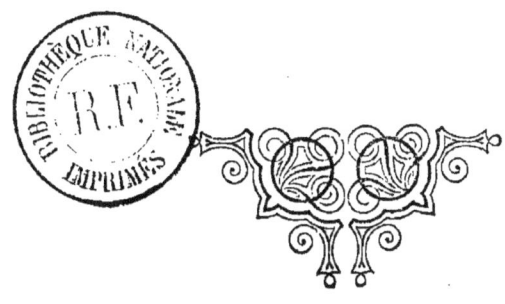

LILLE

IMPRIMERIE A. BÉHAGUE

rue de Paris, 17.

1871.

EN FAMILLE

Sonnet à N...

Je voudrais, et je n'ose ; un scrupule m'arrête :
Si vous me refusiez ! D'avance j'ai frayeur ;
Mais vous accueillerez ma timide requête,
Et me ferez le don d'une douce faveur ;

Vous vous dites déjà, n'est-ce pas, inquiète :
Que va-t-il exiger ? Rassurez votre cœur,
En deux mots je vous dis le sujet de ma quête,
C'est... je n'ose vraiment. Ah ! chevalier Sans-Peur !

Cependant enhardi d'un bienveillant sourire
Eclos sur votre bouche, et qui semble me dire :
« Ami, va, ne crains rien. » Franchement je m'explique :

Bien chère et douce amie, ce que de vous je veux,
Pour garder sur mon cœur ainsi qu'une relique,
C'est... le dirai-je enfin ? un peu de vos cheveux.

Ce que j'aime en toi.

Ce n'est pas ton œil bleu, où ton âme sereine
Se reflète, limpide, ainsi qu'en un miroir ;
Ce n'est pas ton front blanc, ni tes cheveux d'ébène,
Ni ta petite main qui fait plaisir à voir.

Ce n'est pas ta démarche et fière et grâcieuse,
Ni ta taille élancée, flexible comme un jonc ;
Ni ta lèvre à la fois mutine et sérieuse ;
Ni ton pied de duchesse, ni.... qu'aimé-je donc ?

Ce que j'adore en toi, ma bien-aimée, c'est l'âme,
C'est ce rayon d'en-haut que sur ton front Dieu mit :
Chaste parfum d'amour, mystérieuse flamme,
Qui te rend si puissante.... et me fait si petit.

C'est.... comment l'exprimer ? ce charme insaisissable,
Ce magique pouvoir qui doucement répand
L'amour et le respect : auréole ineffable
Que l'œil ne saurait voir, mais que mon cœur comprend.

Octobre 1862.

A MON AMI ALVARÈS.

Il est de par le monde un chanteur plein de charmes,
Bien tourné, beau garçon, barbu comme un sapeur,
Dont la voix tour à tour vous fait verser des larmes,
    Ou vous fait frissonner de peur ;

Lorsque sortent, pressées, des recoins de sa gorge
Ces notes cadencées qu'il lance sans boîter,
Son thorax est gonflé comme un soufflet de forge,
    Et semble tout près d'éclater...

Quand il va crescendo l'on dirait un tonnerre :
Les maisons ébranlées tremblent du haut en bas,
Les chiens hurlent, les chats grimpent dans la gouttière,
    Effrayés de tant de fracas.

Tel, au fond des forêts, le cerf plein d'épouvante
S'enfuit quand retentit le son bruyant du cor ;
Telle on ouït jadis, forte comme cinquante,
    Résonner la voix de Stentor.

Novembre 1862.

TA BARBE.

A MON AMI ALVARÈS.

J'ai chanté, l'an passé, ta voix pleine et sonore,
    Effroi des tympans délicats,
Vibrant comme une cloche agitée dès l'aurore,
    Par un sonneur en ses ébats.

Sur un autre sujet j'accorderai ma lyre,
    Je veux célébrer dans mes chants
Une barbe de bouc, ou plutôt de satyre,
    Drue comme l'herbe de nos champs.

Plus dure que le crin d'un cheval de bataille
    Elle est noire comme l'enfer ;
Tordue comme serpents, elle pousse en broussaille,
    Cette barbe de Lucifer.

Le coiffeur ne peut rien contre ce poil revêche,
    Mollemans y perd son latin ;
Son peigne le plus fort entre ses mains s'ébrèche :
    Le ragot porte un plus doux crin.

Oh ! la terrible barbe ! et que cette merveille
　　Fait de ravages dans les cœurs !
Telle la voit le soir, qui le matin s'éveille
　　Pleine d'amoureuses ardeurs...

Fillettes gardez-vous, et craignez la rencontre
　　De cet ornement séducteur ;
Si vous l'apercevez, jamais ne marchez contre ,
　　Fuyez, oh ! fuyez , ou malheur!

8 Décembre 1863.

TON NEZ.

A MOM AMI ALVARÈS.

Je voulais en beaux vers, pour le jour de ta fête,
  Chanter tes attraits séducteurs ;
Mais ma muse aux abois, ou faisant la coquette,
  Ne m'inspirait que des fadeurs.

J'enrageais ! Quand soudain passe dans ma cervelle
  Une idée pleine d'à-propos :
Si je chantais son nez ! Parbleu, l'affaire est belle,
  Du coup je me sens tout dispos.

Quel nez majestueux ! Que son galbe èst superbe,
  Ses puissants et larges naseaux
Sont garnis de longs poils — ainsi foisonne l'herbe
  Sur les bords fleuris des ruisseaux.

Projetant sur sa face une ombre salutaire,
  Ce nez à nul autre pareil,
Protége le teint frais de son propriétaire
  Contre les rayons du soleil.

Il faut le voir ce nez, lorsque de la cuisine
    S'échappe le fumet exquis
D'un poulet à la broche, ou d'une bécassine,
    Ou de pieds de cochon farcis !

Il tressaille, frémit, s'allonge, se dilate,
    Il palpite de volupté !
De jaune qu'il était, il devient écarlate,
    Tout son être en est agité.

Lorsque le vent fraîchit, il est, malgré sa taille,
    Sujet à l'enchifrènement,
Alors, il éternue en ton de basse-taille,
    Dans un sinistre roulement.

Dieu vous garde jamais d'entendre la musique
    Qui sort de ses flancs caverneux :
C'est un bruit infernal, à donner la colique,
    Au guerrier le plus courageux.

Octobre 1864.

FURENS AMORIS.

Sans doute vous savez la fameuse nouvelle,
    Qui met notre ville en rumeur ?
Alvarès, jusqu'alors à Cupidon rebelle ,
    Vient de laisser prendre son cœur.

Quantum mutatus! lui qui faisait le faux brave ,
    Narguant l'amour et son carquois ,
Le voilà subjugué, rampant comme un esclave,
    Malgré ses serments d'autrefois ;

A peine à l'horizon luit l'aurore qu'il vole
    Vers l'objet de tous ses désirs,
Et passe tout le jour aux pieds de son idole,
    Insoucieux d'autres plaisirs ;

Si peu porté jadis à parer sa personne ,
    Il est devenu si coquet,
Qu'il frise ses cheveux, se farde, se bichonne,
    Je crois bien qu'il met un corset !

Trente flacons au moins brillent sur sa toilette :
    Vinaigre des Quatre-Voleurs,
Pommade du lion , au musc , à la civette,
    Savon indien aux mille fleurs.

Ce ne sont que sachets, ce ne sont que fioles
Exhalant d'exquises odeurs ;
Poudre de riz, carmin, toutes ces babioles
Que débitent les parfumeurs.

Il s'imagine plaire en usant d'artifice,
Et pour se faire illusion,
Cherche à dissimuler son teint de pain-d'épice,
Sous trois couches de vermillon !

Voilà ce que l'amour a fait de ce jeune homme
Si simple autrefois dans ses goûts ;
N'usant pour tous parfums qu'un pot de *philocome*,
Avec un savon de six sous.

Mars 1865.

COUPLETS EN L'HONNEUR DES CLEFS D'OR.

Salut ! noble cohorte,
Salut ! gais combattants,
Pour vous tous notre porte
S'ouvre à doubles battants.
Pour bouler, rire et boire,
Vous êtes parmi nous :
Héros de la bouloire
Salut ! salut à vous !

Avant que dans la lice
Se mesurent les forts,
Allons ! que l'on remplisse
Les verres à pleins bords.
Les bouleurs se font gloire
De leurs nez rubiconds :
Enfants de la bouloire
Buvons ! buvons ! buvons !

A vous, troupe vaillante,
Biberons bailleulois !
C'est pour vous que je chante,
C'est à vous que je bois.
Chéris de la victoire,
Vous êtes des premiers ;
Et pour vous la bouloire
Est un champ de lauriers.

COUPLETS DE FÊTE.

Allons ! amis, que l'on s'apprête
A célébrer saint Nicolas :
Du grand Célestin c'est la fête,
Chantons, surtout ne tremblons pas...
En chœur répétons à outrance :

　　Vive Célestin !
Vive celui dont la vaillance,
　　Et le bras d'airain,
Sont la terreur du traître et du mutin !

Comblé de dons par la nature,
D'Adonis il a la beauté;
Il a de Porthos la stature,
Et même l'esprit si vanté...
En chœur répétons à outrance :

　　Vive Célestin !
Vive celui dont la vaillance,
　　Et le bras d'airain,
Sont la terreur du traître et du mutin !

Partisan effréné du drame,
Le sombre a pour lui de l'attrait :
Mélingue lui transporte l'âme,
Malheur à qui s'en moquerait !
En chœur répétons à outrance :

    Vive Célestin !
Vive celui dont la vaillance,
    Et le bras d'airain,
Sont la terreur du traître et du mutin !

Il est fort au moins comme quatre ;
Son courage est celui du lion ;
Rien au monde ne peut l'abattre,
Ni faire baisser pavillon.
En chœur répétons à outrance,

    Vive Célestin !
Vive celui dont la vaillance,
    Et le bras d'airain,
Sont la terreur du traître et du mutin !

De l'hercule antique la marque
Eclate en son torse nerveux ;
Jamais on ne vit gymnasiarque
Plus élégant, plus vigoureux...
En chœur répétons à outrance :

    Vive Célestin !
Vive celui dont la vaillance,
    Et le bras d'airain,
Sont la terreur du traître et du mutin !

Ne croit pas, brillant météore
Que nos vœux soient intéressés :
Mais conduit nous chez Isidore ,
Nous t'y suivrons à pas pressés ,
Et nous chanterons à outrance :
    Vive Célestin !
Vive celui dont la vaillance ,
  Et le bras d'airain ,
Sont la terreur du traître et du mutin !

5 Décembre 1865.

INVITATION A LA PÊCHE.

SONNET.

Aimez-vous la belle nature,
Les fraîches senteurs du matin ?
Dans le courant d'une onde pure
Pêcher, ne fût-ce que fretin ?

Aimez-vous aussi la friture ?
Une carpe cuite au gratin ?
Vider, assis sur la verdure,
Un flacon de vieux chambertin ?

Si oui — à sept heures cinquante,
De vos travaux quittant le faix,
Avec nous venez à Roubaix ;

Car demain dès l'aube naissante,
Et toute affaire abandonnée,
Nous pêchons la pleine journée.

11 Juillet 1868.

La Marseillaise des Bouleurs.

SOUVENIR D'UN MÉMORABLE COMBAT.

Allons ! enfants de la bouloire,
Le jour de vaincre est arrivé ;
Devant vous, éclatant de gloire,
Le camp bailleulois s'est levé.
Remplis d'une ardeur sans pareille
Bientôt nous nous mesurerons,
Mais avant nous déboucherons
Ensemble plus d'une bouteille.
Aux armes ! francs bouleurs ! préparez les canons ;
          Buvons ! buvons !
Qu'un jus vermeil coule de nos flacons !

Bouleurs qu'un noble zèle enflamme,
Portez et modérez vos coups,
Selon qu'il faut prendre la *camme*
Ou bouler tout droit devant vous ;
Gardez qu'une trop prompte allure
Ne vous entraîne au cul-de-sac ;
Sachez diriger le *gaïac*,
Ayez l'œil juste et la main sûre.
Aux armes ! francs bouleurs ! préparez les canons ;
          Buvons ! buvons !
Qu'un jus vermeil coule de nos flacons !

En avant ! bouleurs de Merville,
Soutenez votre vieux drapeau ;
Et si la tâche est difficile,
Le succès n'en est que plus beau !
Ne tremblez pas , et la victoire
Sera le prix de vos hauts faits,
Le burin gravera vos traits ,
Et vos noms vivront dans l'histoire...
Aux armes ! francs bouleurs ! préparez les canons ;
Buvons ! buvons !
Qu'un jus vermeil coule de nos flacons !

Voyez cette troupe héroïque,
Qui jamais ne connut la peur,
Que son exemple magnifique,
Nous trace la voie de l'honneur !
Heureux d'être admis sous la tente
Des fiers athlètes, des *clefs-d'or,*
Amis, pour eux chantons encor
Ce refrain d'une voix tonnante :
Aux armes ! francs bouleurs ! préparez les canons !
Buvons ! buvons !
Qu'un jus vermeil coule de nos flacons !

Sonnet à la belle absente.

Ah! si je pouvais, comme l'alouette,
D'un essor puissant traverser les airs!
Si je possédais, comme la mouette,
Le don de planer au-dessus des mers!

Ou si d'une fée j'avais la baguette
Enchantée, plus vite que les éclairs,
Comme j'accourrais au jour de ta fête
A tes pieds mignons déposer ces vers!

Hélas! loin de toi, triste et solitaire,
Je penche mon front pensif vers la terre
Ainsi qu'une fleur privée de soleil;

Puissent mes souhaits franchissant l'espace
En ton petit cœur trouver une place
Et me rappeler à toi au réveil!

COUPLETS DE RÉCEPTION.

En votre compagnie,
Ce soir je suis admis;
Mon âme en est ravie;
Merci mes bons amis !
Et pour vous rendre hommage,
Je veux dire hautement :
Honneur au *vieux plumage*,
Et gloire au président !

Sous cette riche robe,
Président vénéré,
Si ton corps se dérobe,
On sent le feu sacré;
Ton bâton, apanage
De ton commandement,
Inspire au vieux plumage,
Respect au président !

Bien mieux qu'une couronne,
Sur ton front glorieux,
Cette toque te donne
Un air majestueux;
Et la houppe voyage
Si gracieusement,
Que tout le vieux plumage
T'admire, ô président !

Non, le plus fier monarque
N'a point ce noble port ;
Cette éclatante marque,
Qui montre l'homme fort ;
Tu ne sens point de l'âge
Le lourd affaissement :
Astre du vieux plumage,
Gloire à toi, président !

Messieurs, je prends mon verre,
Et porte une santé
A celui qu'on vénère,
Dans la société !
Allons, que l'entourage
Chante unanimement :
Honneur au vieux plumage,
Vive le président !

Octobre 1869.

Le seize Octobre.

COUPLETS POUR UN ANNIVERSAIRE.

Te souviens-tu de l'an mil huit cent treize,
Du jour néfaste où, trahie du destin,
Devant Leipsick on vit l'armée française
Lasse de vaincre être vaincue enfin?
Au seize octobre a pâli son étoile,
Mais son renom ne fut point abattu;
Et son drapeau put se montrer sans voile
Dis-moi, Parent, dis-moi t'en souviens-tu?

Te souviens-tu qu'au fort de la bataille,
Quand le canon fauchait nos légions,
Ardents au feu, méprisant la mitraille,
Nos fiers soldats combattaient en lions?
L'un d'eux frappé d'une balle ennemie,
Resta pour mort, sur le sol étendu,
Mais Dieu voulut qu'il revint à la vie,
Dis-moi, Parent, dis-moi t'en souviens-tu?

En souvenir du combat mémorable,
Où de si près tu côtoyas la mort,
Nous voici tous, rassemblés à ta table,
Jeunes et vieux, dans un filial accord.
Ah! puissions-nous, dans vingt années encore,
Te répéter dans un autre impromptu,
Vieux défenseur du drapeau tricolore,
Dis-moi, Parent, dis-moi t'en souviens-tu?

16 Octobre 1869.

JE SUIS TOURNEUR !

J'aime entendre la scie qui grince,
Mordant le bois de ses longs crocs,
Taillant maint feuillet gros ou mince
Au cœur des plus énormes blocs...
Tourne, ma scie ! La tâche est rude,
Mais moins pourtant que ton ardeur,
Et jamais tu ne fais la prude :
    Je suis tourneur !

Tourne ma scie, point de relâche !
Tout tourne ici-bas sans repos :
En voyant l'ennemi, le lâche
Honteusement tourne le dos ;
L'ivrogne tourne sur lui-même,
Comme aussi tourne le valseur ;
L'orage fait tourner la crême :
    Je suis tourneur !

Tourne ma scie ! Près d'une belle
Le galant tourne un madrigal ;
Un noir bandeau sur sa prunelle,
Au manége tourne un cheval ;
Sans craindre la foudre qui gronde ;
Le courageux navigateur
En chantant fait le tour du monde :
    Je suis tourneur !

Tourne ma scie ! La girouette
Du Nord au Sud tourne à tout vent ;
L'ambition tourne la tête
Des humains hélas ! trop souvent.
Entre ses doigts, l'homme timide
Tourne son chapeau. Le malheur
Vers Dieu tourne un regard humide :
    Je suis tourneur !

Tourne ma scie ! A la cuisine
Le marmiton tourne le rôt ;
Le sournois retourne sa mine ;
L'indécis tourne autour du pot.
Dans un grand panier à salade,
La cocotte et son protecteur
Vont faire un tour de promenade...
    Je suis tourneur !

Tourne ma scie ! Notre planète
Tourne. — Aussi tourne le moulin ;
Une entreprise malhonnête
Souvent tourne en eau de boudin ;
Effrayé du fer homicide
Que tourne vers lui le voleur,
Le cavalier, prompt, tourne bride :
    Je suis tourneur !

Tourne ma scie! Vers la muraille,
Le buveur se tourne, discret,
Et..... le pauvre sans sou ni maille
Souvent retourne son gousset.
Enfin, le moribond qui râle
Tourne l'œil — et l'on verse un pleur
A l'aspect de sa face pâle.....
    Je suis tourneur!

                                 V.

Complainte du Variolique.

D'un mal qui répand la terreur,
Vous voyez la triste victime :
J'ai perdu ma riche verdeur,
Je suis un être cacochyme.

Mon Esculape m'a prédit
Une longue convalescence ;
Il faut le croire, s'il le dit,
Car c'est un homme de science.

Il m'a doctement expliqué,
En termes très-académiques,
Que tout mon corps est attaqué
De pustules varioliques.

Que ces pustules sont le fait
D'un sang corrompu qui bouillonne ;
Le raisonnement est parfait :
On ne dit pas mieux en Sorbonne.

Qu'on est heureux d'apprendre ainsi
La cause de ce qui vous navre !
Du coup mon mal est adouci ;
Je sens renaître mon cadavre...

Mais si le mal a disparu,
Sa trace hélas ! en est visible,
Et ma face, c'est incongru,
Présente l'aspect d'une cible.

Ce matin je prends un miroir,
J'examine ma rouge trogne ;
Là, vrai, je suis horrible à voir
Je le confesse sans vergogne.

J'avais le teint d'un andaloux,
D'un brun doré de pain-d'épice,
Mes rivaux en étaient jaloux :
Je suis d'un rouge d'écrevisse.

J'avais le nez d'Antinoüs,
Un nez de forme non pareille,
Hélas ! de celui de Bacchus,
Il a pris la teinte vermeille !

J'avais une barbe — on le dit —
Noire et brillante ainsi qu'un lustre ;
Mais *Delbecq* un jour, dans mon lit,
Me la faucha net. — Oh le rustre !

J'avais... mais que n'avais-je pas ?
Cette maudite variole
M'a privé de tous mes appas,
Je ne trouve pas cela drôle.

Des boutons rougissant ma peau ,
Mon nez grossi, mon menton glabre,
Çà me fait un joli museau !
C'est trop à la fin, je me cabre.

Oui, j'enrage, car, l'autre soir,
Un voisin me rendant visite ,
M'a trop clairement laissé voir
Quelle répugnance j'excite :

Le drôle , me tendant la main,
Par prudence l'avait couverte
D'un gantelet de parchemin !
Je trouvai la chose un peu verte.

Ah ! quand serai-je donc dispos ?
Quand pourrai-je aspirer la brise
Du printemps ? — Ce trop long repos
Enerve mon âme et la brise...

Mars 1871.

LES FLANCHARDS

(EN COLLABORATION AVEC MON AMI C. O.)

La France, un jour dans le danger,
Jette un cri d'appel au courage
De ses enfants, pour la venger
Du Teuton brutal qui l'outrage.....
On voit alors plus d'un poltron
Grossir le tas des volontaires,
Qui manœuvrent l'écouvillon
Dans les Canonniers sédentaires.

En l'autre siècle nos aïeux
Disaient : Enfants, allons, courage !
En avant ! — Essuyant leurs yeux,
Les mères faisaient bon visage ;
Maintenant tout est bien changé :
Quelle chance ! disent les pères,
Enfin mon fils est engagé
Dans les Canonniers sédentaires !

Lorsqu'il fallut, après Sedan,
Tenter un effort énergique,
Le ban et l'arrière ban
Des crevés eurent la colique ;
Grâce aux partiales faveurs :
Des préfets, et même des maires,
On fourra ces lâches trembleurs
Dans les Canonniers sédentaires.

Un cuistre à trogne de Falstaff,
Dit : Ma santé est chancelante ;
Et puis, entre nous, j'ai le *taf,*
La guerre n'a rien qui m'enchante ;
Quoique solide et gras à lard,
Je me sens un peu poitrinaire :
Et voilà comment un couard
Devient Canonnier sédentaire.

Celui-ci dit : Mes pauvres yeux
Ne valent rien, je suis myope ;
Un autre jure ses grands dieux
Que parfois il tombe en syncope ;
Celui-là dit : J'ai les pieds plats ;
Cet autre : *Deux* vers *solitaires !*
On flanque ces tristes soldats
Dans les Canonniers sédentaires.

Jeunes et vaillants Canonniers,
Fiers de la gloire de vos pères,
Cachez-vous bien sous leurs lauriers,
Comme les lapins dans leurs terres.
Vos enfants vous diront plus tard,
Lorsqu'on parlera de nos guerres :
Papa n'étais-tu pas flanchard
Dans les Canonniers sédentaires ?

Respect à ces soldats bourgeois,
Aux braves à qui notre ville
Dût son salut plus d'une fois :
Honneur aux Canonniers de Lille !
Mais honte à ces jeunes flanchards,
Qui tremblant d'aller aux frontières,
Se cachèrent en vrais cafards
Dans les Canonniers sédentaires !

Lille. — Imp. A. Béhague